FIRMINA

FIRMINA

Renata Py

Ilustrações / Marcos Garuti

1ª edição, 2019 / São Paulo

LARANJA ● ORIGINAL

Sumário

Apresentação 9

Suor de festa 17
O ancião 21
Coreógrafo das estrelas 25
Testemunha 28
Amor quixote 32
Enleio 35
Porandubas de caju 39
Sem registro 45
Forasteira 48
Todos são dignos aos olhos de Deus 51
Comichão nas entranhas 54
Mágica de violeira e coreógrafo 58
Ressaca de viola 61
Amizade com fitófagos 64
Evasão de oração 66
Crises prósperas 69

Ornamentos no espírito 73

Despedidas vêm junto com projetos 76

Cada um tem uma música 79

Não existe blasfêmia quando se tem boa intenção 81

Nada vira lenda por acaso 84

Apresentação / Nara Vidal

Firmina não está no mapa porque é poesia

"Não se esqueça de tapar o ouvido porque vão falar o nome do seu avô", dizia minha amiga da bicicleta enquanto me olhava com curiosidade e pena.

Essa minha primeira experiência com a morte dentro de casa refere-se ao alto-falante da cidadezinha perdida no final do mundo que é o lugar de onde eu venho. Anunciava-se a perda de um ente querido com a marcha fúnebre. As palavras "falecimento" e "sepultamento" me davam um gosto de guarda-chuva na boca. Ao repetir o sobrenome da família, uma badalada de sino. A notícia se espalhava, já que o território não era grande; e assim meu avô sumiu. Um mistério feito de fantasia e memória, ou da perda dela. Uma cidade, um vilarejo feito de nostalgia, vidas que caminham rumo ao subsolo sem nos darmos conta da hora exata que piscamos e já não é possível enxergar o vulto mesclado de sol e distância que caminhava rumo ao que não se vê mais. *Firmina*, novela de estreia de Renata Py, trata com palpável delicadeza dessa colcha de retalhos da memória que, exatamente por isso, se fixa no que será herança. Logo de início a autora propõe um lugar para a sua arte onde a morte não existe. Não como a conhecemos. Dessa forma, a narrativa se desdobra envolta numa espécie de encantamento e familiaridade quase íntimos propostos por Renata. A autora não se deixa seduzir por qualquer excesso de doçura, algo comum e difícil de evitar dentro de um texto feito com tanto lirismo quanto é *Firmina*.

Como todos os lugares feitos de lembranças e histórias, não é possível colocar o dedo na veracidade dos contos e dos personagens. Cabe ao leitor admirar o argumento narrativo, que oferece uma espécie de testemunho fantasioso e de afirmações bastante duvidosas, exatamente como se apresentam os casos de cada um de nós quando repassados, feito uma brincadeira de telefone sem fio, para quem está disposto a ouvir com generosidade as meias verdades. A discussão da característica factual interessa muito menos do que o brilho daquilo que se reconta. A narrativa de Renata celebra de maneira cativante a tradição oral de tantos núcleos no interior do Brasil. Cidades e vilarejos de grande importância que, por não estarem no mapa, são feito tesouros debaixo da terra não identificados a olho nu.

O alto-falante de Firmina, ao anunciar festa na cidade, notifica os moradores como o alto-falante da minha Firmina pessoal sobre a morte. Todavia, como nos lembra a narradora, não a morte como a imaginamos. A arte, através da música e da dança na cidade, celebra o fim de formas de viver, e não de vidas. O ponto final nas convenções e pecados, a morte de amarras e opressões religiosas através do bondoso padre Leudo, uma espécie de Frei Lourenço de Romeu e Julieta que salva Luzia da sua questão de amor. Frei Lourenço salva do não, enquanto que padre Leudo salva do sim, ou vice-versa, de acordo com quem lê.

Ao utilizar figuras de linguagem para sugerir ao leitor um mergulho mais profundo no que de fato representam os personagens de *Firmina*, Renata insinua, através de notas de amor, liberdade e emancipação, a confiança de que, enfim, só a arte salva.

Um dos personagens mais sedutores da novela é o que menos aparece, mas é o que mais perdura. O dançarino Zeca Sapatilha é o recurso utilizado na narrativa para simbolizar a arte como elemento transformador profundo e permanente. A estranheza e o fascínio que causa Zeca, em iguais proporções, nos moradores de Firmina sugerem exatamente a rejeição ou o acolhimento da arte, dependendo de quem a recebe. O único personagem completamente livre e independente de qualquer laço com a cidade. Uma referência à soberania e à autossuficiência do artista. Zeca nos acompanha apesar do desaparecimento que resulta em uma série de transformações. A arte como geradora de mudanças infindáveis. Um vendaval, uma desorganização exatamente como a que a arte promove.

Firmina se estabelece com riqueza de propostas, alegorias, metáforas, analogias através de uma narrativa colorida, mas profunda; leve, porém rica. A aparente simplicidade do texto é um convite ao leitor mais atento para um mergulho no profundo turvo, apesar da superfície calma. A sensibilidade na construção dos personagens é oferecida de forma acertada pela autora através de detalhes corriqueiros e que formam um todo generoso e particular, composto com grande habilidade técnica e cores vivas.

Há pouco tempo soube que morreu uma figura que sempre existiu na minha cidade. Imaginei o alto-falante oficializando o fim, espalhando a tragédia que é o desaparecimento de alguém. A minha espécie de Firmina vai morrendo com cada falecimento e sepultamento em badaladas de sino. Vai morrendo em carne e sonho e virando o que fica: um sol que nos cega para sempre. A história desta Firmina, a de Renata Py, fica em brilho íntimo, marcada no mapa só de quem tem a sorte de conseguir vê-la.

Suor de festa

SUOR DE FESTA

Batidas dos pés na terra vibravam de se sentir na carne. A roda firme, cadenciada: "Odoyá, meu bem. Odoyá, iê. Seja bem-vinda, meu querer". Saias ao vento, bordados coloridos e decotes de renda numa psicodelia febril. Mariana suava. Suor de festa, diaba bonita. No meio daquela confusão de gente, aqueles olhos de jabuticaba que até então se concentravam na marcha brilharam para o rapaz.

Cícero, na porta da repartição, corou orgulhoso. Dia de festa, em respeito à padroeira, todos se encontravam na calçada de Firmina. Os habitantes chegavam em levas para a festividade. Acercavam-se da dança das garotas, comandada por Mariana, professora da escola primária. As senhoras, viúvas ou não. Os homens, vagabundos ou não. Coronéis, temidos ou não. Casais, em pazes ou não. Todos estavam ali.

Até Zeca Sapatilha, que geralmente dormia nessas horas, mantinha sua presença na mais colorida fantasia, de cetim e fitas. Junto com as moças, bulia o corpo. Cantava ousadias sem cerimônia; a voz molhada na cachaça explicava a insolência. Da vida que levava, sem morada ou recursos, cabia-lhe o direito ao atrevimento. Firmina sem Zeca não tinha festa. Dançarino das estrelas, como o chamavam.

Céu colorido pelas bandeirolas, vento ligeiro abanando o dia, cheiro do doce de caju da Adelaide pairando na região. A saia de Isabel, como não podia faltar, comparecendo com o atrevimento. Jesus e Diana escondendo a paixão, e Luzia comportada como uma anfitriã, tudo a favor. Até então.

Padre Leudo, plácido na frente da igrejinha, se colocava como liberal. Música de Iemanjá em festa da padroeira não o incomodava. Dona Tita discordava.

– Blasfêmia, isso não pode acabar bem.

– Não faça desses resmungos oração – comentava o padre, sem paciência.

– Como se já não bastasse Jesus sem camisa dançando na praça – condenava a beata.

– Deixa o moleque, dona Tita. Vá arrumar as flores da sacristia, me faça esse favor.

O fato é que Jesus, pirulitando alegremente pelas ruas, era cena linda de se ver, saciava qualquer sede de juventude. Combinava com festa, com as bandeirolas coloridas no céu, com o clima descontraído daquela tarde. Até Zeca, em sua decadência escandalosa, fazia ornamento perfeito no centro de Firmina.

O menino que dançava perto da roda era puro de inocência. Senhoras devotas fincavam maldade à toa. O moleque apenas queria se mostrar para Diana, que compunha concentrada o corpo de baile. Saia rendada voava, calcanhar sacudia ligeiro, pés descalços no ar. Cabelos emaranhados com o vento, dançava que nem gente grande, experiente. Havia tanta força nos olhos da danada! Aprendiam no ventre materno ou era algo do sangue: a dança da festa da padroeira era tradição, passava por gerações. Jesus, abobado, rodeava a menina. Essa, que não era boba nem nada, sabia. Olhava de rabo de olho, atrevida, aqui e acolá.

A noite foi caindo, comes e bebes da melhor categoria, tudo organizado por Adelaide. Exímia quituteira, não arrumou homem sabe-se lá por quê. Diziam que seus doces tinham poderes. Como o famoso arrumadinho de caju, esse tirava qualquer criatura do mundo da ilusão. Escute bem: tirar um cabra do mundo delirante é mais mágico do que colocá-lo, já diziam os velhos sábios da região. E quando Adelaide, orgulhosa, comentava sobre o assunto, havia sempre um tom de suspense na fala. Ela puxava a última sílaba de ilusão e acrescentava o tom mais grave. Fazia o interlocutor arregalar os olhos. Deixava bem claro que o doce não condenava o sujeito que sonhava – afinal, sonho é real até que se prove o contrário –, mas devaneios desmedidos, daqueles que às vezes sentimos sem nos dar conta, daqueles que cegam as vistas, esses sim. Alguns acreditavam nos poderes do docinho, outros não. Mas uma opinião era unânime: iguaria igual de boa não existia! Mesmo a fruta sendo tão encontradiça nas redondezas.

Após a dança, Jesus saiu ligeiro da festividade, com sorriso abobado; tanta pinga e licor de jenipapo! Andou por onde o ranger da música dos velhos sanfoneiros lhe fazia festa. Diana na mente: após a coreografia ela enviou ao menino seu olhar de quebranto e sorriu. Era o que ele precisava para saber que se veriam depois, às escondidas, na praça do Cordel, logo ali, virando a esquina.

Luzia, primeira-dama, era moça jeitosa de cabelo bonito. O recato em pessoa: rezava que nem santa, falava que nem anjo. No meio da noite, saiu de si, bebeu um bocado de vinho quente e dançou rodando a saia, fazendo firula para cabra macho, olhar de diaba danada. Seu Tenório perdoou não, saiu com ela pelas ventas. Falou o que não podia. Depois admitiu, grosseiramente, num desses falatórios desmedidos, resultante de tanta pinga no bucho, que a mulher rezava cada dia mais, e que, em meio ao zumbido de oração, ele guardava saudoso aquele olhar atrevido.

O ANCIÃO

*O conhecimento torna a alma jovem
e diminui a amargura da velhice.
Colhe, pois, a sabedoria.
Armazena suavidade para o amanhã.*
Leonardo da Vinci

A bichinha nasceu bonita, coradinha que só! Dona Deti, a parteira, saiu orgulhosa contando a novidade para os cidadãos:

– Seu Guinga é icosavô.

Isso quer dizer que ele é o vigésimo antepassado da Darlene.

O avô mesmo, ela nem vai conhecer: a cirrose levou o pobre. Bebia até as tantas, arrumava alvoroço em cada esquina. Sumiu numa noite de farra. Nem teve a felicidade de ver a bacurizinha.

Seu Guinga, que é o homem mais respeitado de Firmina, viveu coisa à beça. Viu muitas criaturinhas nascerem, ainda tinha vigor e cuidava da molecada toda para os pais correrem atrás da vida, coisa que já não fazia mais. Atualmente, a vida corria atrás dele. Quando questionado por viver tanto, ele contava com sua voz morosa que muitas vezes se sentira aperreado com a condição. As pessoas reagiam surpresas: "Quem dera uma bênção dessas", "Pudera eu" e por aí vai. Ele nunca conseguiu dar um fim. Fez promessa, mandinga e nada de partir. Já passou por guerras, pelo progresso e por tantas histórias que ficava até difícil a cachola guardar. Considerava que o segredo era viver cada dia. Como hoje, que viu Darlene nascer. Ajudou a botar um monte de crianças neste mundão de meu Pai. Mais de 65, pelo que contavam. Sofria a cada perda de seus entes e amigos queridos.

– Ninguém acostuma com isso – dizia.

Nunca saiu de Firmina.

– Sair daqui pra quê? Faço questão não. Já vi essa meninada crescer e correr o mundo, chegar aqui com cara de doutor. Pobrezinhos, não sabem de nada. Só o tempo traz grandeza, e tempo é coisa que eles não têm. Difícil até explicar. Como poderiam entender? Na minha terra me chamam de milagre. Somos todos, isso ninguém percebe. Milagre é a goiabeira ainda dar o mesmo fruto, com o mesmo sabor gostoso, de quando eu era um moleque. Nunca enjoei, vivo de cuidar dessa criançada e fazer goiabada. Não uso máquina e nada de firula. Faço na lenha, como sempre foi. Melhor goiabada da região! Vem até branquelo gringo atrás, só porque ouviu falar. Povo me respeita, pede conselho. Dou não; vivi demais. Não seria certo aconselhar, acabaria com a ilusão desses pobres coitados.

Seu Guinga era o patrimônio mais precioso da cidade. Os habitantes mantinham seu segredo com medo de que roubassem o velho de lá para fins científicos. Firmina sem seu Guinga não teria a mesma autenticidade. Com ele estavam todas as memórias e histórias do local. Ninguém mais confiável para contar e guardar tanto segredo. De maledicência, não tinha nada. O tempo passado, ainda que muito, não nutriu amargura em suas feições, e seu olhar ainda mantinha uma generosidade quase infantil. Sabe-se lá como.

Seu Guinga e seu João, dono da bodega, foram os únicos que não apareceram na festa da padroeira, pela primeira vez. O ancião esteve de guarda na madrugada acompanhando o processo de parto da Darlene. E seu João estava abatido demais pelo sumiço de dona Lúcia, sua senhora. Sumir na região não era surpresa pra ninguém. A morte, como a maioria das pessoas entendem, jamais alguém em Firmina conheceu. Ali todos nasciam e sabiam que um dia, sem mais nem menos, sem aviso prévio, iriam desaparecer. Sumir, se escafeder ou evaporar. Não existia doença, acidentes nem nada que não se pudesse curar. Música, bebida, comilança e conversa fiada eram os únicos remédios – esses conseguiam tratar bem as dores da alma. Inúmeras teorias existiam sobre o assunto, mas nenhuma resposta científica para tal fenômeno. Dona Lúcia não foi sumiço de morte, como diziam. Alguns brincavam que foi uma espécie de suicídio – coisa sem graça essa de mangar da dor alheia. Fez a trouxa e se mandou, deixou bilhete e tudo. Cada um que perguntava a seu João, ele improvisava na viola:

– Partiu sem pressa, raiva ou choro. Vivia fazendo promessa de partida. Nunca considerei. No meu ordinário cotidiano, acomodei. No cinzeiro, ficou bituca. Nossa cama emaranhada. Filha da puta, nem ligou se foi amada. Me deixou só, amargurado. Sem seresta ou muita prosa. Dou dinheiro, rapé ou música. Só me tragam dona Lúcia.

Era de dar dó. Mas os homens já não se compadeciam. Com a

bodega fechada, estavam afoitos; queriam se reunir para beber, jogar sinuca e passar algumas horas a se esbaldar pela noite. O fato é que a diversão da noite de Firmina estava abalada desde então. A bodega do João era o único entretenimento noturno. Era a desculpa para fuga das obrigações maritais dos casados, da hora extra dos trabalhadores, cenário para os espetáculos de Zeca e para as mocinhas passarem batom vermelho nas bocas. Vez em quando, rolava dança com a viola de dona Matilde, mas essa não era moradora. Vivia de excursão, fazendo seu barulho bom nesse mundão danado. Nunca se sabia quando ia dar o ar da graça novamente.

COREÓGRAFO DAS ESTRELAS

Os dias seguiram tranquilos, tirando o alvoroço de dona Luzia, que ainda se mantinha confinada pela vergonha dos dizeres do prefeito. O que não sabia a pobre era que seu Tenório podia dizer ou desdizer que a confiança na palavra já não lhe pertencia. O povo andava desgostoso com o jeito de "coroné" que ele adotou depois que assumiu o posto.

Zeca Sapatilha não se rendeu à mesmice em que se encontrava Firmina com a bodega fechada. Noite ou outra, seguia sua dança como se fosse a única coisa sã a fazer. No alvorecer, de fantasia com lantejoulas largas, penas, paetês e pouco tecido, balançava o corpo magro. Cambaleava para um lado, depois para o outro, meia-volta e recomeçava. Abria os braços reverenciando o céu e suas vedetes brilhantes. Cantava e, por incrível que pareça, era muito afinado. Seguia comandando um espetáculo particular, inebriado, sem distrair-se da dança: para um lado, para o outro, reverência novamente.

Os espectadores riam, interagiam, cochichavam, se afastavam ou entravam na alegoria. José era conhecido por suas insolências, alacridades e ousadias. Zeca Sapatilha era como o chamavam. Dançarino das estrelas, diziam outros. Ele equilibrava-se no meio-fio, nas pontas dos pés, com uma destreza invejável. As veias de cada parte do seu corpo se mostravam rígidas em seus precisos movimentos, lustrosas em seu esqueleto descarnado. Ganhava um trocado aqui, uma pinga ali, e seu público era sempre cativo. O céu nunca lhe faltava e suas vedetes brilhavam mais a cada fim de espetáculo.

Zeca tinha suas estratégias, sua forma de organizar cada show. Dependia do tempo, da luz do céu, e mesmo em dias nublados ele comparecia com suas performances. Se ia fazer calor ou frio, ninguém sabia prever. Sempre dependia do roteiro do coreógrafo. Em uma noite de verão, das mais estreladas, Zeca apareceu todo nu e não houve cidadão daquele lugar que o convencesse a parar de dançar ou colocar uma roupa. Noutra noite apareceu só de tanga e flores na cabeça.

Em dias de chuva, Zeca Sapatilha incluía as poças, o vento e a água em sua apresentação como elenco importante. As pessoas saíam para os toldos e aplaudiam como de costume. "Vem Zeca, tome uma cerveja aqui com a gente", mas ele nunca parava de dançar. "A arte é coisa séria, não se pode deixá-la pela metade", respondia.

Numa dessas noites de ventania, Zeca parou, as folhas rodopiavam e rodavam entre si. O vento sutilmente sussurrava em seus ouvidos, definindo os passos daquela dança. Ornamentadas pelo brilho da lua, moribundas folhas ganhavam vida. Zeca abriu os braços; de olhos fechados, gritou:

– Se aquilo não for música, é algum tipo de poesia.

O vento, não se sabe se por afeto ou afronta, ficou mais forte, fazendo todos os presentes segurarem-se e não aguentarem os olhos abertos por tanta poeira. Zeca cantava, sua voz cada vez mais longe. Odair, que acompanhou todo esse movimento, deu um grito doído:

– Zeca se foi!

Foi todo tipo de burburinho que se ouviu.

– O espetáculo acabou – choramingou o rapaz que conseguiu avistar tudo de camarote: estava de capacete em sua moto e a poeira não lhe tapou as vistas.

As cortinas fecharam-se mais cedo naquela noite. As vedetes nunca mais brilharam como de costume, e Zeca Sapatilha virou a lenda mais famosa daquelas esquinas.

– Zeca saltou o meio-fio e foi dançar além daquela escuridão – contava Adelaide aos turistas.

– Vira e mexe escuto sua voz ensaiando as estrelas.

TESTEMUNHA

Não conseguiu dormir. Estranhou o travesseiro, quem sabe? Sentiu-se confuso, achou melhor rezar. Duvidava de Deus, mas na aflição talvez o que faltasse fosse fé. Orou, parou, não era isso. A imagem do Zeca não lhe saía da cabeça. Percebeu que era apenas desalento. Tentou distrair-se com a lembrança da camisola de Emília encostando em sua perna; diaba. Só sabia era atiçar. Ficou mais ansioso, vestiu-se e foi caminhar. Quem sabe também não voava? Encontraria Zeca Sapatilha, tomariam uma pinga e traria o bailarino de volta pra praça. Ou melhor, nem voltariam mais.

Odair ficou com a tarefa de contar para a cidade toda o ocorrido em detalhes, tintim por tintim, com resposta para todo o tipo de pergunta. Das mais óbvias às mais imbecis. A epopeia da novidade começou logo cedo. Ainda se sentia aturdido e traumatizado. Naquela manhã, ele foi o alvo de toda a atenção de Firmina e, acostumado a passar desapercebido, ficou ansioso com a folia.

Mal viu a mãe e a prima. Coisa rara, já que desde pequeno, quando Emília foi morar em sua casa, passou a ter o hábito de sentar-se à mesa junto às duas todo santo dia. Os cabelos negros com mechas douradas de sol da menina lhe davam calor no estômago. E, mesmo adulto, isso nunca acabou. A moça, quando criança, não percebia e brindava o primo bonito com suas brincadeiras infantis. Com o tempo, a coisa foi mudando: Emília percebeu que o rapaz nutria uma certa malícia em suas gaiatices e foi dando corda. A tia nem desconfiava da marotagem, o que tornava a ousadia interessante para a garota. Já Odair sofria, sabia que não haveria futuro. Acontece que, no vício daquela paixão infantil, embriagava-se mais e mais. A ponto de não ter sossego em sua própria casa. Já não aguentava tanto calor na carne, tanta vontade reprimida.

Com a história de Zeca, apesar da tristeza, distraiu-se da sua redoma. Ao seu ver, até que o dançarino teve um final digno. Diferentemente de toda a sua vida pelos cantos da cidade, sem eira nem beira. Em sua realidade indecente, pela falta de recursos, Zeca ainda encontrava o dom de dissipar poesia. Como conseguia? Compartilhava suas loucuras coloridas com qualquer um, sem distinção. Tranquilizava Odair lembrar o sorriso do pobre enquanto era levado na ventania. Escancarado no ruído do vento. Zeca se foi erguido em sua magreza. Intrépido. Odair nunca viu tanta dignidade numa cena.

Ao contar tudo isso para a repórter da cidade, Juliana, ele até chorou. A jornalista ternamente embrulhou o rapaz em seus braços. Pela primeira vez, Odair sentiu o calor do seio de outra mulher que não fosse a mãe ou a prima. E a moça, distraída pelo calor do ofício, não percebeu que o choro do pobre aumentara ainda mais. Apertou o moço, no impulso de acalmá-lo. Firmina ficou num silêncio nunca visto, por muitos minutos. Num rompante, após ouvir a voz do marido, Juliana largou o rapaz. Miguel nunca aparecia pela manhã, já que geralmente dormia. A visita repentina foi até um acaso engraçado. A esposa não sentia um calor daqueles há muito tempo. Diziam as más línguas que o marido andava bem ocupado com Isabel, aquela das saias curtas, secretária do prefeito, e que a atenção para a jovem Juliana minguava a cada dia e noite. Odair se assustou, ainda entorpecido, pediu licença e saiu. Foi bater na porta do seu João. Precisava de um gole.

Amor quixote

AMOR QUIXOTE

Miguel, ainda ensonado, tinha ido buscar algum tostão com a repórter. Vivia duro, precisava cortar o cabelo. Ao chegar no jornal, viu a esposa de conversa. Expulsou o susto em silêncio, não valia ser notado. Aquele amor, que tantas vezes foi dado como seguro, não estava à espera daquele momento. Juliana ouvia a história triste de Zeca. Mas, por incrível que pareça, sorria, cheia de dentes, jogava o cabelo para um lado, pescoço para o outro. Do jeitinho que fazia quando tinham se conhecido. Bicha danada, lhe deu a ilusão da exclusividade. Ele, vivido, mulherengo, ainda assim se surpreendeu. Quando a moça abraçou Odair, Miguel sentiu um desejo louco de beijar a diaba. Como há muito tempo não fazia. "Como se ela não fosse minha", pensou baixo.

O buraco do estômago lhe pareceu mais oco que de costume. Disparatou em chamar alguma atenção para si:

– Meu bem-querer, vim lhe oferecer um café; estava saudoso de ti.

Cara de pau; nem dinheiro tinha para o que foi ofertado! As bolsas abaixo dos olhos mostravam que à noite tinha rolado distração das boas. Com a bodega do seu João fechada, sabe-se lá por onde o bofe andou. Sobre os rumores do caso com Isabel, não existia nenhuma prova, apenas maledicência desse povo mesmo. A casa da moça também não foi onde Miguel passou a madrugada; nunca nenhum homem havia entrado ali. Disso, todos sabiam bem.

Isabel era mulher para cabra nenhum botar defeito. Ainda assim vivia só. Não teve um homem nesse mundão de meu Pai que conseguiu dobrar a diaba. Diziam até que era maldição de família. Que o avô ciumento jogou feitiço para nenhum pobre a fisgar de vez. A moça trabalhava na prefeitura e todo dia passava leve, mais dançava do que andava, o cabelo jeitoso caía pelos ombros e os lábios sempre coloridos. Era gentil. Vivia no pedestal dos marmanjos que ali residiam. Rolou aposta, mandinga e até promessa. Mas, passando de sua calçada para dentro, homem nenhum conheceu. Nem mesmo Miguel; isso era fato.

Juliana era boa demais para perceber: personalidade quixotesca. Só poderia ser jornalista em um lugar como Firmina, já que o ofício pede mais verdade que outra coisa. Encontrar bondade na escrita é coisa para artista e não para jornalista. Nunca desconfiou de algum deboche do marido. Até Diana, filha adolescente do casal, pescava todo o movimento, tentava alertar a mãe, que sempre fingiu nem ouvir. "Deixe de atrevimento, Diana", retrucava. Miguel nunca tomou jeito; se não fosse Isabel, seria outra, disso todos sabiam bem. Difícil é acreditar que um malandro daqueles segurasse patroa boa como Juliana.

Mas naqueles minutos, abraçada com Odair, algo na moça mudou, sabe-se lá se por magia de algum vento estranho. Pela primeira vez em muito tempo ela foi arredia com Miguel. Tratou de reclamar que não podia tomar café nenhum, estava trabalhando, que se ele estivesse saudoso de sua pessoa que tivesse chegado mais cedo noite atrás. Recolheu-se bruscamente e correu do jornal, sabe-se lá pra onde. Pois passou a tarde sumida. Nem Diana encontrou a mãe. Miguel manteve a pose, fingindo nada lhe aborrecer. Quando mulher está de faniquito, o melhor é deixar estar. Foi logo para a bodega, sua segunda casa.

ENLEIO

Odair, atordoado, conseguiu, depois de muita lengalenga, convencer seu João a abrir o estabelecimento. Bebeu até entender um pouco menos de suas aflições. Foi embora apenas quando apareceu Miguel, com panca de marido traído. Deu bola não, virou as costas sem cerimônia e se mandou. Miguel manteve-se: tinha preguiça até para recobrar sua dignidade. Desconfiado, bebeu mais do que o costume, até começar a falar bestagens para os fregueses. Fazendo rebuliço. Foi enxotado e saiu ligeiro; o sol ainda queimando os miolos, fritando as ideias. Aguentava mais não. Sentiu medo de perder a esposa. Precisava dar jeito: vida mal-amanhada. Acendeu a bituca; alojou-se na sarjeta.

Do outro lado da rua, Mariana, a professora da escola primária, passava. Saia de chita bordada voejava. Andar leve, confiante. O cabra, distraindo-se dos contratempos, foi absorvido pelo movimento de coxa da moça, a pele ligeiramente bronzeada, os pelos dourados. Faltava babar. Por um raro instante, caiu em si. Mulheres: eita vício pestilento! Virou as costas, nem olhou mais. Se perdesse Juliana, quem o sustentaria? Fora que estava acostumado com a esposa, o seu cheiro amadeirado vindo dos óleos essenciais que ela mesmo manipulava e usava no banho. Sentiria a ausência de sua mansidão; ela era arretada com as palavras, tinha uma cultura maior que a maioria das raparigas da região. Até dos seus defeitos, que eram poucos – como o de pensar muito em trabalho e o jeito preguiçoso que tinha para o sexo –, dependia a sua paz. Mas o que mais faria diferença era o amor que Juliana sentia por ele, de um altruísmo ímpar. Odair, em nenhum segundo pensou no melhor para a moça; de forma egoísta apenas contabilizava o que lhe faria mal estar sem ela. O que esperar? Era o tipo de personalidade comum, que apenas avaliava o que dizia respeito a ele. A história que construíram juntos era longa e bonita. Ele sabia bem. Se existia algo erguido, foi pela insistência de amar da pobre. Alçou tudo sozinha. Miguel era do tipo que ia apenas levando e sempre seria. Se a vida estava boa naquele momento, era por Juliana. Por causa dela, tinham Diana. Tudo apenas por causa dela.

A filha, sabendo do forrobodó, foi atrás dos pais. Logo avistou Miguel cabisbaixo e, antes da intenção de lhe falar, observou atenta aquele semblante de seriedade que nunca fora visto por ela. Sempre acostumada com o jeito fanfarrão, até se preocupou. Optou por não intervir, achando melhor o pai cair em si e pensar na vida mesmo: merecia. Da oratória com o velho ela já tinha se cansado. Aproveitou que nenhum deles se ocupava dela e foi atrás de Jesus. Eram raras oportunidades.

Correu para o norte da cidadezinha, para a casa de dona Rita, mãe do rapaz. Jesus estudava na varanda. Olhou Diana e num segundo esqueceu os livros e tudo ao seu redor. Acenou todo sem jeito, um azougue. Era o menino mais carismático daquelas terras. Seu João, dono da bodega, dizia ser a atração turística. Começando pelo nome, fora batizado numa Sexta da Paixão. Recém-parido teve febre de quase morrer. Dona Rita chamou logo o padre para benzer e batizar o menino ainda sem alcunha. Virou o moleque mais levado e simpático das redondezas. Em sua negritude sempre lhe saltava um lindo sorriso. Todos o queriam por perto. Desde moleque, sempre que jogava bola, as mães dos colegas gritavam:

– Jesus, venha comer bolo, pão e tomar refresco. Venha, menino!

Os dois correram dali sem ao menos dar trela para os gritos de dona Rita, que oferecia vatapá, suco de cajá e pudim de pão para a menina. Andaram até os limites da cidade, no riacho.

– Minha magrela, que surpresa boa!

– Rolou cambulhada no centro. Soube do Zeca Sapatilha? Parece que o vento levou o pobre.

– Zeca? Vai voltar! Não pode nos deixar. Deve estar bem! Vivia no mundo da lua mesmo.

– Parece que meu pai viu cena com minha mãe e Odair. Tá enfurnado numa deprê.

– Odair? Sua mãe? Dona Juliana não é dessas coisas não, magrela.

– Sei bem, mas ela deveria se dar ao desfrute. Já que meu pai de vergonha não tem nada.

– Para de falar besteira, minha branquela. Me beija logo.

Peles grudadas numa ânsia juvenil, febre de primeiro amor. Se alguém não se lembra disso, é um pobre diabo. Não conheceu o sentimento cândido. Ele adere, marca, sempre há de ser lembrado. Mais do que isso, geralmente define quem somos e seremos para o resto da nossa curta existência. A juventude conspira a favor, a falta de experiência e decepções torna tudo mais genuíno. O casal ali ficou, entregue ao enleio; deitaram nas pedras para nada dizer, apenas estar. Um no outro.

PORANDUBAS DE CAJU

Mariana, a caminho de casa, encontrou Juliana desapegada de tudo. Convocou de imediato a amiga para tomar café com tia Adelaide. A moça, perdida em seus conflitos, não se absteve da ideia, seria bom para desanuviar.

– O sabor da comida depende do comprometimento do cozinheiro – dizia tia Adelaide, enquanto Mariana bulia a massa de pão sem a menor intimidade. Cabeça estava em Cícero, aquele da repartição. A tia solteirona insistia que homem se laça pelo estômago. Juliana ria.

– Não são bois – comentou a sobrinha.

Se o pão ficasse bom ela ia era comer com a tia e a amiga. Para Cícero levaria sua doçura; o cabra já sairia ganhando.

A tia mexia na panela o famoso doce de caju, aquele com poderes. O açúcar fora peneirado na medida, os cortes da castanha sempre em talinhos precisos, a carne do fruto era furada com o garfo para sair um pouco do suco e depois amassada cuidadosamente. Polpa macia como nuvem em céu de criança: era esse o ponto certo dos pomos escolhidos a serem usados, insistia a cozinheira. O cheiro dizia muito do andamento do preparo, tinha que lembrar natureza ainda viva, úmida. Se não fosse assim, a mágica falhava. Essa não era a intenção. Assim que Adelaide avistou Juliana entrar na morada, imaginou que verdades naquele espírito eram necessárias para lhe mostrar novos rumos. O efeito não dizia o melhor caminho, mas o que deveria ser percorrido. Verdades são o que têm de ser. Sendo boas ou ruins. Mas independentemente do adjetivo, elas têm de ser vividas. Juliana, em sua natureza polianística quixotesca, as encobria com perspicácia. Adelaide, contando com isso, não quis cometer nenhuma falha na receita.

— Filha, que bom que Mariana te encontrou; coisa boa você em nossa mesa. Vamos prosear até anoitecer. Como você está, minha querida? Miguel e Diana?

Juliana carecia de afeto. Há muito desconhecia a sensação de ser cuidada por alguém. Não tinha a consciência dessa falta. A maternidade, o matrimônio e os afazeres do jornal ocupavam o espaço de qualquer carência.

— Laide, que hora oportuna. Vamos falar e comer essas delícias até cansar a boca. Eu estou bem. Fechando a matéria sobre Zeca. Coisa louca, Laide. Foi embora com o vento. Já viu isso? Preciso entrevistar seu Guinga, saber se há algo do gênero no histórico de Firmina.

— Menina, que eu saiba teve apenas a conversa sobre uma moça que escorregou no arco-íris e não achou pote dourado. Era maluquinha, tomava umas ervas, fazia uns rituais, mas jurava que essa história do arco-íris era real. Virou lenda pra criançada daqui. Zeca está bem. Por algum motivo que ainda não sei compreender, sinto que dança além de onde podemos ver. Mas, olha, quero saber de ti, Ju.

– Laide, você sempre me deixa tranquila. Tem histórias bonitas e faz acreditar que existe um mundo mais ameno e encantador que este. Estou bem! Miguel... hum, igual. Diana, cada dia mais linda, mais moça. Vivendo o primeiro amor, Laide. O que há de melhor? Deve estar zanzando por aí, atrás de Jesus.

Adelaide se convenceu que Juliana não ia falar dela enquanto não comesse o arrumadinho de caju. Mas, pelo tempo de preparo, ainda não estava bom, carecia caramelar além. Enquanto isso, ouviu aquele papo furado como um bom aquecimento. Fazia parte da experiência. Os afoitos demais acabavam sempre por vomitar toda veracidade que consumiam do tal doce. Os pacientes, saboreavam.

– Mariana, pelo amor de meu santo Pai, sova essa massa direito.

A moça, sem a menor aptidão, largou foi mão. Não queria saber de nada de cozinha, apenas papear. Roubou lugar da tia, segurou o braço da amiga, olhou atenta e soltou:

– Ju, tem algo te aperreando que sei. Se abra.

– Mári, até tem. Tem um arranjado de sentimentos aqui nesse peito. E isso tudo começou pela manhã. Depois que conversei com Odair.

– Odair, filho da dona Ana e primo de Emília?

– Oxe, Mári, quantos "Odairs" temos em Firmina?

– O que sucedeu?

– Algo como... como...

– Desembucha logo, Juliana. Sabe que aqui podemos falar tudo. Tia Adelaide sabe tanta verdade dessa terra e nem mesmo pra mim ela conta. Terreno mais seguro que esse não tem.

– Não sei nem expor em palavras, Mariana. Só sei que algo mudou em mim. O homem se desmantelou a chorar, e eu não sabia o que fazer. Abracei o pobre. Abracei... Mas de um jeito que senti como se a comoção dele entrasse pelos meus poros encontrando todos os caminhos das minhas veias.

– Vixe Maria!

– Calma, Mariana. Me escuta! Como explicar?

O silêncio tomou conta até a moça encontrar palavras.

– Houve um tilintar de intenção, alguma fé dos incrédulos, um tipo de certeza vazia, aguardando para ser preenchida.

Juliana era boa em expressões. Às vezes, só a professora mesmo para entender. Não eram amigas por acaso.

– Vixe Maria!

– Para de repetir isso, Mariana. Fala algo.

– Ju, muita informação nesse seu relato, amiga. Vixe Maria! Tia, manda logo esse doce.

– Calma, Mariana. Nem pra sovar o pão você serve. Aliás, serve pra nada nessa cozinha, peste. Vai arrumar homem nenhum. Agora quer entender do doce? Fica calma aí. Serve refresco pra Juliana.

– Ju, vi Miguel na bodega hoje. Fingi que não estava nem percebendo. Você sabe que tenho lá minhas implicâncias com o cretino do seu marido, apesar de respeitar sua família. Ele estava com uma cara de pouquíssimos amigos. Fora que já rolou um bochicho pelos ventos desta cidade que quase saiu briga entre eles. Ali mesmo. Juntando isso ao que você está me contando, agora só posso concluir que...

– "Entre eles" quem?

– Miguel e Odair.

– Jesus-Maria-José! Concluir o quê, Mariana?

– Que esse "algo" que você não sabe descrever eles também sentiram.

– Laide, preciso ir. Amiga, me acompanha?

– Mas não vai a lugar nenhum, menina. Escute, não vai adiantar nada rapar daqui agora nesse estado. Esses marmanjos que se entendam. Sente-se aí e espere o doce ficar pronto. Temos muito o que conversar. Miguel não merece tanta pressa, e Diana é moça grande. Chegue mais, prove ainda quente.

O cheiro do quitute foi capaz de persuadir até mesmo Juliana a ficar. Ela assoprou o caramelo pelando; o fato é que em qualquer morada ou lugar deste mundo existe sempre algo mágico no cheiro de açúcar queimado. Soprou mais, até ficar pegajoso com o toque do dedo. A cor de âmbar, em uma fração de segundos, lhe lembrou vários olhos. Os de Diana quando nasceu, os de Miguel quando a fez chorar escondida pela primeira vez e os olhos de alguém que ainda não identificava. A visão focando, ficando mais clara. Sim, eram os olhos marejados de Odair. O olhar ingênuo do rapaz, caramelado pela vida. Ali, Juliana ficou por segundos, esses que pareciam ter durado mais que o normal. Sentiu o ar estacionado, como se o planeta tivesse adormecido e esquecido de rodar. Os olhos de Miguel lhe fazendo chorar; os olhos de sua menina ainda bebê em seu peito a mamar; os olhos de Odair em seus poros penetrando, lhe salvando de uma dor reprimida. Tão bem escondida que quase não lhe pertencia mais. Mas Odair achou, escorraçou qualquer vestígio de aflição. Limpou seu ser. Ela respirou com toda a capacidade de seus poros, como em muito tempo não lhe cabia.

– Laide e Mariana, me deixem ir.

Assim correu.

– Mas, Juliana, volte aqui!

– Deixe, Mári. O doce fez efeito. Deixe ela ir.

SEM REGISTRO

Quando não se tem a voracidade de registrar o que se vê,
vê-se mais e melhor, sem ânsia de guardar,
mostrar ou contar o visto.
Caio Fernando Abreu

O dia seguinte amanheceu sem notícias, com o jornal fechado pelo sumiço da editora. Seu Guinga dizia que uma cidade sem registro é um buraco negro. Um povoado sem memória não existe nem no mapa. Em sua longa vida, foram raras vezes que o jornalzinho ficou fechado; e, hoje, por falta de jovens com amor pelo cotidiano, só existia Juliana no comando e os meninos da gráfica, que imprimiam e diagramavam. A publicação era pequena o suficiente para conter uma ou outra notícia da cidadezinha, cinco ou mais do resto do mundo, receitas de Adelaide, dicas de educação da Mariana e alguns anúncios de varejos das redondezas.

O fato é que o local fechado não criou tanto burburinho, mas o sumiço de Juliana sim. Não sabiam se era sumiço de morte, como diziam, ou fugido, como o de dona Lúcia, mulher do seu João. Miguel estava só o pó, abatido. Mas, por incrível que pareça, a notícia abateu muito mais Odair, que desde então não sossegou até encontrar a moça. Ela estava na Casa das Cabras, no limite de Firmina: a casa considerada das mulheres perdidas por ser justamente onde os frequentadores procuravam algo.

Odair nunca tinha entrado lá; inclusive fez a parada no local sem uma suspeita concreta de que encontraria a moça. Mas, na falta de opção, de tanto rodar ou mesmo por algum *insight*, insistiu. A casa se mostrava bem cuidada, com cortinas de renda, paredes coloridas, flores frescas e sofás surrados com mantas de crochê. Tudo poeticamente vulgar. As moças, mais meninas que mulheres, bordavam. Apesar da pouca roupa, era uma cena digna de inocência. Quase como um convento de órfãs. Juliana estava sentada à porta que dava para um pequeno jardim, encostada na estrutura da casa, de olhos fechados mirados para o sol. Semblante mais esperto e vivido que o das meninas. Ele continuou pacato, não se sentiu capaz de acabar com aquele sublime momento.

Dona Matilde, a tocadora de viola e forasteira, espantou-se ao ver um par de calças àquela hora.

– Já pensando nisso, menino? A casa não funciona esse horário.

– Dona Matilde, a senhora mora aqui?

Juliana ouviu a conversa e se surpreendeu ao ver Odair. Levantou-se e parou de frente ao rapaz. Os dois se olharam por cerca de três minutos, tornando qualquer outra cena daquela casa coadjuvante. A violeira saiu de fino. Experiente nas questões de amor, sentiu no ar. Com ideia de letra nova, melodia ensolarada na casa de satanás.

– Vim te procurar.

– Está aqui por mim? Não veio por causa das meninas?

– Capaz, Juliana; não. Nunca entrei nesta casa antes. Jamais faria tal coisa com essas pobres mulheres. Não sabia mais por onde te achar.

– Por que me procurava, Odair?

– Porque me perdi em você horas atrás.

Juliana não foi capaz de mexer nem os pulmões para pegar ar. Pega de surpresa, esqueceu até de respirar. Num soluço, beijou o moço. Um beijo cobiçoso, com sabor do hálito matinal, rançoso, íntimo.

Os bordados pararam. As meninas, pela primeira vez, viram fora da TV que um beijo poderia ser algo muito maior que um gesto mecânico do ofício. Dona Matilde, com lápis e papel, já anotava acordes do novo baião. Histórias de amor, felizes ou não, sempre rendem boa cantoria.

Ainda encostados, como se os ponteiros exatos do relógio de parede não insistissem em dar o ar da graça, eles ficaram grudados.

FORASTEIRA

Dona Matilde estava na cidade, isso já percebemos. Estava certo, portanto, que pela noite haveria música no coreto da praça. Agito em demasia para uma semana tão peculiar na cidadezinha. Ocorridos bem atípicos. Tinha dias que nem motor de transporte se ouvia; e em muitos momentos, inclusive, Firmina poderia ser confundida com pinturas bucólicas pela total falta de movimento.

O casal, se é que se pode chamar assim, pelo menos por aquelas horas, ali ficou. Casal sim, afinal houve beijo. Namorico torto, novo, projeto de algo, o que quase foi e por aí vai. Enfim, o que importa é que foram momentos bem românticos e sinceros. Coisa rara nos dias de hoje. Alguns diriam amantes. Não seria uma má expressão, mesmo com o peso moral que a palavra carrega. Apego cristão? Juliana e Odair se lembrariam daqueles instantes com um sentimento muito autêntico. Isso merecia respeito. Ali ficaram, na velha casa da estrada, no antro das noitadas. Onde os meninotes viravam homens nas mãos das "experientes" moças novas. Dona Matilde alertou que iria ao centro anunciar viola, aconselhou os dois que ali era o local mais seguro para segredos. Disso ela sabia mais do que ninguém. Era lugar esquecido, onde jamais cogitariam procurar em dias ensolarados.

O que os dois não perguntaram foi o que dona Matilde fazia ali. Inclusive pareceu ter bastante intimidade com o ambiente. O que era verdade. Vamos do começo, desde a primeira noitada de viola em Firmina.

No fim do mundo, de vez em quando, acontece de aparecer alguém assim, diferente de tudo que já foi visto. Curioso foi que ninguém implicou com as excentricidades de dona Matilde, muito pelo contrário, pareciam esperar por isso há anos; e olha que em Firmina os anos custam a passar. A violeira, desprovida de recatos e sutilezas, fazia shows no coreto da praça. Os jovens, plateia cativa, dançavam a noite toda. Dona Tita e suas amigas maledicentes também se distraíam na amarga tarefa de olhar pela janela e garimpar maldades. Os marmanjos, casados ou solteiros, sempre se viam por lá, para ouvir Matilde e quem sabe até sonhar.

Na primeira noite de Matilde por Firmina, ela conheceu uma das meninas da Casa das Cabras, que, muito empolgada, chegou a pensar em apresentar a musicista para sua patroa, senhora Penélope. Acreditava que música ao vivo animaria e chamaria mais clientes para o estabelecimento. Matilde ficou a noite toda; mesmo cansada de tanto tocar na praça, ainda fez uma versão do show para as meninas. Estas, que nunca saíam e se divertiam, pois basicamente só trabalhavam para a diversão dos outros, ficaram encantadas. Penélope e Matilde passaram a madrugada batendo papo, tomando cuba libre e se divertindo às pampas. A violeira ficou três dias e três noites. Sua despedida foi digna de choro e coração partido. Mas o lado bom foi que o desfecho da visita de Matilde fez ela prometer voltar todos os meses. Só assim fez com que Penélope, até então considerada forte que nem gado arisco, parasse de chorar. Isso já faz alguns anos. Os moradores da cidade a tratam como forasteira, acham que ela vai e volta. O que de fato é verdade. O que eles não sabem é que sempre ela dorme na cidadezinha, ao lado daquela que lhe ensinou sobre o amor. E ali chama de lar. Esse segredo, como muitos outros, tanto ela como Penélope e as meninas da Casa das Cabras sabem bem manter guardados.

TODOS SÃO DIGNOS AOS OLHOS DE DEUS

Na igreja o rebuliço estava armado. Padre Leudo assuntou fazer uma missa para Zeca Sapatilha. Foi atormentado por dona Tita e suas comparsas, inconformadas pelo ato do padreco, como ofensivamente o chamavam. Julgavam que o pobre não era digno de bênção cristã. O sacerdote estava furioso e, para contrariar ainda mais as senhoras ditas de bem, ao avistar Matilde pelas redondezas, não tardou em convidá-la para tocar na missa do dançarino. Inclusive achou digno: festa era a cara de Zeca, além de uma bela homenagem.

— O maluco nem vinha à missa. O senhor está cometendo blasfêmia na casa de Deus.

— Blasfêmia, dona Tita, é se negar a fazer uma missa para qualquer cidadão de Firmina. Todos são dignos aos olhos do Grande Espírito.

— Pois fique sabendo, seu padre, que se essa missa acontecer vou escrever para o papa e o Vaticano.

— Fique à vontade, dona Tita. Aproveite e volte aos seus

afazeres domésticos. A igreja está fechada para organizar a missa. Passe bem.

Dona Matilde ria, refastelava-se. Abraçou a causa com satisfação. Se organizaria para voltar em alguns dias e firmar viola na tal missa. Já pensava em músicas que caberiam na ocasião, inclusive uma ou outra mais polêmica para causar com essas donas. Não se contendo, já que era uma homenagem a Zeca, e meio que pedindo de volta o favor, perguntou ao padre se as meninas da Casa das Cabras poderiam comparecer.

– Dona Matilde, a senhora está arrumando alvoroço. Ainda vou enfartar com a confusão que vai dar. Mas claro que sim; as meninas sempre são bem-vindas.

– Padre, o senhor tem boa alma. Não vai enfartar, cuide bem dessa saúde. Seu Leudo, você é muito importante para essa cidade. E não ligue para essas beatas de araque; se pudessem tomariam seu lugar para ditar regras. Venha hoje de noite, meu padre, ouvir uma viola na praça do coreto.

– Obrigado, dona Matilde. Conto com você na missa do Zeca Sapatilha. De noite passo na praça. Peça para seu João guardar uma cadeira e uma taça de vinho para mim, por favor.

– Claro, padre Leudo, sua cadeira é sempre cativa.

– Ah, e uma porção de queijo, se não for pedir muito.

Dona Matilde rapou dali. No centro de Firmina, Miguel encontrava-se ventando. Passadas largas de um lado para o outro. Cachaça na veia, gritava impropérios a cada cidadão. Diana correu para acudir o pai, que bradava aos quatro cantos sua vida ordinária, dessas que todos levamos. Xingava autoridades e todos seus desafetos, que eram muitos para uma cidade tão pequena. A sorte é que, de tão minúscula no mapa, não cabia guardar certas coisas para sempre, exceto as extraordinárias. Miguel seria assunto para três dias no máximo. Em uma semana poderia voltar para a bodega e começar tudo de novo.

Dona Matilde, como se não soubesse de nada, dissimuladamente demonstrou surpresa. Perguntou inclusive o que estava acontecendo. Os rapazes da bodega, como bons companheiros, mantiveram a discrição nada comentando. Se animaram ao ver a violeira. A tarde na labuta era mais branda sabendo que teria noitada.

Dona Matilde pegou o megafone que pertencia a Zeca Sapatilha e tinha sido guardado por seu João e anunciou música boa ao luar, aproveitando para comunicar sobre a missa em homenagem ao dançarino. Ousadia das boas para gerar falação nos quatro cantos de Firmina. Como se já não houvesse assuntos para isso nos últimos dias.

COMICHÃO NAS ENTRANHAS

Mirando longe com os olhos esvaziados, Mariana tentava ver o que o outro vê.

– Destrambelhada, isso é impossível. Cada um vê de um jeito – dizia Adelaide para a sobrinha.

– Cada um vê o que quer – falava Cícero.

Mariana nem ouvia. Diacho! Só queria enxergar algo mais sobre a vida, algum motivo para não se perder. Em sua dolorosa calma, não parava de mirar. Quem sabe surge de repente; vai saber.

– Cícero, meu filho, deixe essa maluquinha aí. Sente-se aqui. A bichinha está preocupada com Juliana, que sumiu para onde ninguém vê. Diana acabou de passar com o pai fazendo algazarra pela cidade, diabo. Daqui a pouco Mariana vem, é só sentir o cheiro do café. Sirva-se de merengue.

– Adelaide, minha querida, vou aceitar, sim. Quem nega um convite a sua mesa não tem juízo, não. Quero convidar vocês duas para a noitada no coreto.

– Vi dona Matilde anunciar. Isso é coisa para jovens. Mariana vai querer certamente. Deixo vocês dois à vontade. Quem sabe passo lá pra levar uns quitutes para seu João. O pobre anda troncho desde o sumiço de dona Lúcia, minha comadre.

– Laide, vamos todos. Passo para pegar vocês duas. E nada de ficar pouquinho, vamos fazer Firmina tremer de tanta dança.

– Você fala assim e penso no pobre do Zeca Sapatilha, meu filho.

– Nem me fale. Foi uma ventania de tirar a vista. Odair que bem viu tudo.

Mariana sentou-se, plácida. Olhou para o moço ali sentado e sentiu comichão nas entranhas. Não conseguia disfarçar nada. A bem da verdade é que estava na sacada quando o bofe chegou. Não soube controlar seus sentimentos e postou-se a mirar o nada. Com desculpa de preocupação, a tia tentou disfarçar. Mariana tinha dessas, desde meninota.

Agora ele estava lá, na mesa de sua tia, feliz, comendo e batendo papo. A moça estava acanhada, sorria em cada poro. Adelaide tratou de despachar o rapaz antes que ele percebesse o rubor da sobrinha.

– Cícero, meu filho, leve esses docinhos para senhora sua mãe. Vamos ajeitar tudo para a viola na praça. Te esperamos às oito da noite.

Ele, sem tirar os olhos da moça, foi embora mais animado que bezerro solto no pasto.

Mariana suava. O rapaz vinha que nem tumulto, ventania daquelas de cegar qualquer Cristo. Mesmo quando chegava manso, falando doçuras ensaiadas. O corpo da moça virava confusão

Quem nega um convite a sua mesa não tem juízo, não.

das grandes. A tia dizia que não podia dar pinta, que o cabra perderia logo o interesse. Fácil falar; não era ela que corava por qualquer suspiro do dito. Cúmulo perder o norte! Mariana só pensava no beijo, nas mãos de Cícero em sua cintura querendo atrevimento. Quando fingia que esquecia, ele vinha em sua mente, num piscar.

MÁGICA DE VIOLEIRA E COREÓGRAFO

*Quando se ouve boa música
fica-se com saudade de algo que nunca se teve
e nunca se terá.*
Samuel Howe

Seu Guinga levou o atabaque; dona Matilde, a viola. Seu João preparou as cadeiras e arrumou a lenha para garantir fogueira. Isabel compareceu com a saia curta, beleza igual não podia faltar. Até seu Tenório, prefeito, com pose de dono da cidade, lá estava. Sem sua esposa, que depois da confusão da festa da padroeira vivia confinada com suas orações. Bebida tinha a rodo. Comida para faminto nenhum queixar-se. Mas cadê Juliana e Odair, que ninguém nem mais conseguia supor?

A música não tardou; estavam presentes as botas cambadas, saias de chita, bocas vermelhas e intenção de dança do povo firminense. Ainda assim, Miguel chegou com cara de quem não ganhou na loteria por um algarismo. Isabel, ousada e lampeira, já mexia o quadril no ritmo da viola. A moça percebeu confusão quando viu que Miguel, sem papas na língua, começou a falar injúrias dos pobres Juliana e Odair. Mais que ligeira, a moça saiu de sua diversão e dos ditos que a admiravam e tirou o bofe de lá. Tarefa difícil, mamado como estava: saiu quase arrastado.

Diana percebeu o movimento e, apesar de saber que era

Isabel tentando acalmar o pai, sentiu-se aliviada e até mesmo agradecida. Queria apenas algumas horas de folga da confusão conjugal de seus pais, pois há tempos vivia em função disso. Queria leveza, dançar com Jesus, cantar com Matilde; apenas viver sua juventude de maneira merecida. O amado logo apareceu; com seu largo sorriso branco, tirou a moça de suas aflições. Fora acompanhado de dona Rita, senhora sua mãe, que quando se tratava de viola na cidade rapidamente se punha alegre. Ela foi logo ajudar seu João a servir os cidadãos, já que a bodega sem dona Lúcia acabava desfalcada de mão de obra e simpatia. O anfitrião, mais que agradecido, até voltou a sorrir e enxergou em Rita aquela menina recém-mãe do moleque mais carismático da região. Era mulher de fibra, com cabelos em caracóis, seios rijos, olhos pretos de jabuticaba, expressivos que só vendo. Apesar do tempo, ainda mantinha a postura de moça e o sorriso jovial.

Padre Leudo chegou quando todos já estavam. Dormia cedo, mas em noites de viola ficava até a madrugada entrar.

– *Louvem-no segundo a imensidão de sua grandeza! Louvem-no ao som de trombeta, louvem-no com a lira e a harpa, louvem-no com tamborins e danças, louvem-no com instrumentos de cordas e com flautas, louvem-no com címbalos sonoros, louvem-no com címbalos ressonantes. Tudo o que tem vida louve o Senhor!* (Salmos 150:1-6) – repetia para quem se sentava a sua mesa.

As meninas da Casa das Cabras também estavam por lá. Faziam coronéis e homens casados suarem frio. Elas eram as convidadas mais queridas da violeira. Receberam a bênção do padre, como todo e qualquer cidadão, e logo caíram na dança.

No céu, um rojão assolou a todos, fazendo a música parar. E lá do alto, onde nenhum pobre podia alcançar, ouviu-se um grito. Instruções de danças e algumas luzes. Tatuado pelos astros, apareceu rapidamente o coreógrafo das estrelas; sem dúvida, era ele. Mesmo que por segundos, Zeca estava presente, para alegria de Firmina, alívio do padre Leudo e de todos que sabiam que noitada sem Zeca não era digna de valer. Os gritos duraram minutos, as estrelas fizeram o balé ; bem treinadas, mostraram que estavam em boas mãos. Todos que até então farreavam estavam estáticos, emocionados. Receberam o festival de luzes como presente de um dos seus, comandando a dança a serviço do Universo; era o firminense mais alegórico já visto. Zeca, Zeca Sapatilha.

Na Casa das Cabras, esse foi o único momento em que o silêncio foi interrompido. Odair caiu em prantos, no desafogo de ouvir Zeca, como um recado de que ele estava bem. Abraçado por Juliana, mantiveram a calmaria dos amantes pelo resto da noite. Quietude impregnada de energia. Desconhecida em sua fórmula, mas bem familiar para os autênticos apaixonados, sendo apenas eles capazes de senti-la. Entrega.

A noite foi soberana. Até os desgarrados da festa, como Luzia, mulher do prefeito, perceberam de algum modo. Mesmo fora do coreto, ela foi capaz de sentir a intensidade do festejo com o arrepio pela nuca que veio de repente. Talvez até por alguma resposta dos seus sopros de oração. Era assim que ela acreditava. Zeca e dona Matilde findaram mais uma bela noite no vilarejo.

RESSACA DE VIOLA

O sol, aparentemente, tardou mais que de costume a ameigar-se na janela dos moradores da cidade. Odair e Juliana acordaram na varanda do bordel. Jesus e Diana na sacada da casa de dona Rita. Mariana e Cícero no sofá da sala de Adelaide. Dona Rita acordou no quarto do seu João. Mas, dentre todos os amantes, o que mais chamou atenção foi Miguel ter acordado dentro da casa de Isabel.

Quando alguns habitantes amanhecidos viram o bofe sair por aquela calçada, perceberam que o santuário da moça tinha sido invadido. Apesar de todos saberem do buchicho dos dois, aquilo caiu como prova final: acreditar em algo que ninguém gostaria. As mulheres, em defesa de Juliana, tão querida repórter da cidade. Os homens, em favor do santuário intacto da moça: se não fosse com eles, que não fosse com mais ninguém. Muito menos com o maior mulherengo daquelas terras.

Nunca paravam para pensar no óbvio. Isabel nunca quis casar, ser de alguém, muito menos magoar Juliana. A moça apenas achava que o ser humano é livre para escolhas, para amar.

Não acreditava no firme sentimento nem na monogamia e no matrimônio. Apesar de tudo, ela acreditava que Juliana e Miguel se amavam, assim como ele poderia ter sentimento por ela e vice e versa. Mas não expunha essas opiniões com medo de ser mal entendida ou mesmo rotulada. Pois ela mesma não rotulava ninguém. Na noite da viola, levou o bofe para casa até por compaixão à esposa do pobre. Miguel do jeito que estava poderia criar alvoroço dos grandes e cometer ousadias que poderiam ser irreversíveis. Também, por algum sentimento já presente na relação dela e Miguel, sentiu que naquele momento algo por ele precisava fazer. A angústia do rapaz era demasiada. Mantê-lo sob seus cuidados era o certo. Imaginando as consequências, não mais podia passar a vida a se esconder. Que viessem as pedras.

Padre Leudo não apareceu para missa; alegou estar em greve até as beatas apoiarem a missa do Zeca. Assunto que, depois do milagre da noite, foi repensado com sabedoria. O bofe veio dar recado do céu; devia ser coisa divina. Perdoaram o padre pelo recesso e disseram preparar uma missa mais do que digna para o santo Zeca Sapatilha. Citavam ainda frases de Santo Agostinho. Extasiadas estavam essas donas ditas de bem por uma criatura divina fazer parte da cidade onde elas nasceram e cresceram. Acompanharam o milagre da noite anterior na janela de suas casas.

Jesus acordou e viu Diana perto da pitangueira. Era a primeira vez que ela dormia fora de casa. Na ausência dos pais, pôde se dar ao privilégio de passar uma noite na sacada, olhando o céu onde as estrelas de Zeca o profetizaram o novo santo da cidade.

– Minha magrela, o que faz aqui? Quer comer pitangas?

– Meu preto, minha família acabou. Tudo encolheu. Minhas alegrias, o tamanho desse quintal, a pitangueira. Meus desejos juvenis encolheram tanto que quase nem existem mais. Meus sonhos, pobrezinhos, já nem enxergamos de tão mirrados. O vazio, fanfarrão que só ele, ao contrário, cresceu como touro de rodeio. Já viu, meu preto? É enorme, ostenta pela grandeza, forte que é uma maravilha. Eu não acho mais essa pitangueira grande, meu bem. Não queria que ela encolhesse com a vida.

– Magrela, você cresceu, apenas isso. Sua família sempre existirá. De outra forma, talvez até melhor para cada um que faça parte dela. Quanto ao seu vazio, é inerente ao ser humano, meu bem. Posso tentar preenchê-lo com meu amor. Se você assim desejar. Mas ele vai existir, em algum lugar que eu não posso alcançar, independentemente do tamanho do meu sentimento por ti. Mas estarei junto para te ajudar a entendê-lo. A pitangueira ficou menor para catarmos seus frutos e fazermos um belo suco pra mim, você e dona Rita, que acabou de chegar na surdina e acha que nem sei onde ela passou a noite.

– Meu menino, obrigada por fazer parte de mim! Vamos fazer um suco, e trate de fingir pra senhora sua mãe que nada percebeu.

– Danada essa véia, magrela. Tava na hora; nunca quis ver minha mãe envelhecer sozinha.

AMIZADE COM FITÓFAGOS

Além do jornal fechado e da cidade ainda sem notícias, agora também estava sem missa. Mas nunca sem esperança. Inclusive, esperança é um bichinho que existe de monte na cidade. Alguns dizem que quando pousa em alguém é sinal de sorte. Outros que é porque apenas cansou de voar. Mas Adelaide insistia que o inseto pousa em quem precisa olhar para dentro de si. Mariana comentava que isso é propaganda do famoso arrumadinho de caju. A tia ficava zangada, dizia que desse tipo de coisa não se faz campanha, que são poderes da natureza e estavam aí para ajudar a humanidade. Seu Guinga assentia. Ele contava que o verdadeiro milagre na vida é toda a sua cadeia natural. Seus insetos, seus frutos e por aí vai. Que estarmos vivos é a forma mais verídica desse milagre todo. Explicava sempre animado para sua criançada o que é um corpo humano, uma perfeita máquina em bom funcionamento. Quem somos nós para duvidarmos de seu Guinga , não é mesmo?

Mas a esperança de que falávamos era a outra, até porque a vida do inseto simpático dura apenas um verão. Na primavera, os filhotes emergem dos ovos e vivem apenas em tempos floridos.

Alguns têm antenas maiores do que outros. Mariana, que não era inseto, estava com a sua antena bem alerta quando viu Miguel sair da casa de Isabel. Preocupou-se com a falta da amiga. Será sumiço de morte? Bateu três vezes na madeira. Mas logo viu Juliana aparecer na poeira da estrada, na camionete de dona Penélope.

O veículo parou no jornal. Mariana rapou mais do que depressa, nem calçou sandálias.

– Amigaaaaaaaaa, conta tudo?

– O que é isso, Mariana? Que susto. Você não tem nada pra fazer não?

– Tenho que ir pra escola, mas estou me coçando de curiosidade. Fora a preocupação.

– Bem se vê. Cadê os calçados? Amiga, corre... Passa aqui com a Diana depois. Deixa eu trabalhar que nem notícias do Zeca dei para essa cidade.

Mariana abraçou a repórter, aliviada.

– Ju, que bom que está bem. Pensei ser sumiço de morte. Volto logo, me aguarde; de mim você não foge mais.

– Amiga, estou aqui. Sumiremos juntas um dia. Prometo. Como está Diana?

– Preocupada, mas com Jesus. Está bem, cuidou do pai. Depois a vi com o amado e dona Rita no coreto; foi noite de viola. Você perdeu: alvoroço no céu, Zeca...

– Amiga, eu sei. Vi tudo. E Miguel?

– Estou atrasada, amada. Falamos depois.

– Agora tem pressa, Mariana? Coisa boa não tem a dizer sobre ele.

EVASÃO DE ORAÇÃO

Padre Leudo achava que teria um dia de folga para recuperar sua ressaca de tanto vinho e fritadinho de provolone. Estava com o estômago entregue à própria sorte. Mas a porta da igreja começou com batidas sem cessar. Acreditando ser dona Tita ou algumas carolas, saiu resmungando. Surpreendeu-se ao dar de cara com Luzia, mulher do prefeito, com jeito de flor aborrecida.

– Dona Luzia, entre. A senhora está bem?

– Oi, padre, me desculpe o incômodo. Hoje não teve missa, fiquei perdida.

– Minha filha, a senhora reza tanto. Talvez seja bom um descanso. Ainda é tão nova, cheia de vida.

– Padre, não me sinto assim.

– Minha filha, quer confessar? Se bem que acho que pecados a senhora não tem. Uma prosa?

– Padre, não aguento mais minha casa. Tenório.

– Conte-me, filha. O que acontece?

– Padre, tenho pra mim que chamego nunca é demais. Mas Tenório sempre teve essa coisa, que não sei o que é, de carregar toda a dor deste mundo. Coloca moral em tudo que diz respeito ao amor. Não lhe sobra tempo para afetos, imagina fraqueza ou acha amenidade. "O mundo está acabando", ele diz. O que nem desconfia é que, desde muito antes de existirmos, esse mundaréu já não cabia nos sinais de alegria. Essa que carrego em mim por algum motivo bobo, alienada dos males que Tenório cria.

– Pois nunca perca essa alegria, Luzia. Seu nome é Luz, veio de uma família muito alegre. Ao contrário do Tenório, que conheço desde molecote. Família dura, rígida, metida com política. Casa onde não se acreditava no firme sentimento. Eu abençoei o casamento de vocês, acreditando que Tenório se contagiaria da sua alegria. Mas parece que aconteceu o contrário, minha filha. Onde está a luz de Luzia?

– Não sei, meu padre. Estou perdida. Inclusive, preciso de sua ajuda. Minhas malas estão na porta. Não tenho onde ir.

– Tenório te expulsou?

– Não, ainda nem deve saber que eu saí. Mas se lá continuar vou morrer, me sinto doente.

– Não fale isso, minha filha. Você tem muita vida ainda. Acredite.

– Depois que meus pais se foram não tenho pra onde ir.

– Em Firmina sempre tem lugar pra alguém, querida Luzia. Venha comigo.

Padre Leudo saiu da igreja sem batina; coisa rara. O que mais chamou a atenção de todos que o viram não foi nem Luzia com duas malas nas mãos, foi a mandala colorida estampada na camiseta do sacerdote. Com tanto acontecimento na cabeça, seu

Leudo nem sequer cogitou que a estampa psicodélica poderia gerar algum tipo de burburinho. Tinha coisa mais importante para se ocupar. E decidiu bem onde levar Luzia. Onde moravam a alegria e a sabedoria, coisas de que a alma da moça tanto necessitava. Foi direto para o sítio do seu Guinga; lá tem criançada, pomar, música e goiabada. Coisas que só podem trazer alento.

Seu Guinga estava com a molecada perto do pomar descascando goiaba. Crianças de todos os tamanhos, inclusive Darlene, no cestinho. Todos em volta dele tomando um sol, uma brisa, ajudando na colheita e brincando. Descalços, pisando na terra. O senhor levantou-se e logo veio recepcionar os visitantes. Ao ver a moça, já imaginou o que se sucederia. Recebeu com satisfação. Molecada logo rodeou a dona, mexendo no cabelo, no xale, na saia comprida, no terço da mão. Essa, aliviada de tanta vida e chamego, acarinhava cada pequeno.

CRISES PRÓSPERAS

Com a revolução do mulherio de Firmina, até os bem casados e sem crises conjugais começaram a ficar preocupados. Se não bastasse dona Lúcia do seu João. O percentual andou aumentando às pampas. Juliana de Miguel. E agora aquela que ninguém jamais poderia imaginar, Luzia de seu Tenório. Os homens começaram a ficar mais cuidadosos em casa, a chegar mais cedo da sinuca, passar perfumes, levar agrados para esposas e até mesmo ajudar nas tarefas domésticas. Casa das Cabras, então, passavam longe.

Miguel, dos abandonados, era o mais esperado na bodega do seu João, pois ali todos queriam saber sobre a casa de Isabel. Mas o dito não dava as caras. Nem em casa, nem no jornal. Onde foi parar o diabo?

Seu Tenório apareceu borocoxô; era homem que não consentia perder o controle de nada. Ficou um tempo avantajado nas cadeiras do seu João mirando o nada, com charuto nos dedos e copo de cerveja nas mãos. Tinha consciência que aquela calamidade conjugal poderia não findar. Não tinha filhos, nem mesmo algum bichano. Faltava-lhe em quem mandar. Atitude inconsequente da esposa. O que o povo iria falar? Poderia arruinar a carreira política: homem que não consegue sequer manter a mulher no eixo, quem dirá um distrito. Talvez fosse melhor acabar com tanta farra, afinal tudo começou com a festa da padroeira e depois da noitada de viola. Estava logo é pensando numa petição. Cidadão de bem não carecia de distrações. O progresso dorme cedo, é rígido e começa a trabalhar com as galinhas. Pena a mentalidade desses firminenses, xucros. Por isso a cidade nem no mapa se achava.

Seu João observava, mas não ousava perguntar nada. Quando se avista um semblante sério de coronel, o melhor é arrumar uma distância segura. Ao contrário do prefeito, achava que Firmina carecia de mais festas, violas e diversão. Não era à toa que existia ali um homem que nunca quis saber de sair da vida, um indigente bailarino que foi levado pelos céus; uma cozinheira que com destreza da culinária resolvia os problemas das pessoas; um menino Jesus filho de mãe solteira – a mais linda, diga-se de passagem; e um padre com tendências hippies. Firmina não estava no mapa porque não merecia ser conhecida por qualquer um. E dona Lúcia, sem dar esse devido valor, largou tudo isso. Pobre coitada, ia sentir é falta. Vida igual não existiria em nenhum outro lugar neste mundão de meu Pai.

O único homem que parecia ter ganhado nessa revolução feminina era Odair. Esse se dirigia para a casinha da estrada: o antigo galpão de uma fábrica de tecidos que por uns anos havia se instalado em Firmina, mas há muito estava abandonado.

Nada vira lenda por acaso

Nunca conseguiram alugar. Odair foi direto pra lá. Já havia passado na corretora e iria acertar os detalhes para o aluguel. Era perto da casa de sua mãe e dali poderia supervisionar tudo. Abriria sua sede de fornecedor de frutas do pomar da família. Também pensava em coisas grandes, como um restaurante com a Adelaide de chefe e fábrica de geleia e doces. Poderia empregar sua mãe, dona Ana, e Emília. Faria bem para a cabeça desmiolada da prima se ocupar com trabalho. Ali conseguiria trabalhar, morar e ainda tomar conta das duas sem envolvimentos maiores que a convivência obrigada. Estava bem motivado e com um sorriso de orelha a orelha.

ORNAMENTOS NO ESPÍRITO

Tenta esquecer-me...
Ser lembrado é como evocar
Um fantasma... Deixa-me ser o que sou,
O que sempre fui, um rio que vai fluindo...
Em vão, em minhas margens cantarão as horas,
Me recamarei de estrelas como um manto real,
Me bordarei de nuvens e de asas.
Mário Quintana

A missa de Zeca tardou uns três dias para ganhar forma. A igrejinha estava com muitas flores coloridas, e surpreendentemente tudo foi ajeitado por dona Tita e suas comparsas. Desde a noite da viola rezavam pelo mais novo santo da cidade sem cessar. Já tinham preces feitas com textos e frases que o indigente insistia em soltar no seu megafone pela cidade, terços de crochê coloridos com laços de fita, além de algumas alegorias extravagantes para a igreja.

– Mariana de Deus, me acode para não rir. Isso parece mais um baile de carnaval.

– Tia, está engraçado mesmo. Controle-se. No fundo gosto de ver essas beatas reverenciando Zeca. Pobre coitado; em vida só pôde contar com o julgamento dessa laia. Quem sabe ele não vem mandar um recadinho para essas donas.

– Não duvide disso, minha filha. Cadê Juliana que não chega?

– Tia, vamos andando. Desde o sumiço de Miguel a bichinha não foca em nada.

– Onde foi esse diabo, Mariana? Tô achando que foi sumiço de...

– Nem fale isso, minha tia. Diana está desconsolada.

– Pobrezinha da menina; carregou tantas vezes esse pai.

– Pois é. Isabel anda borocoxô também. Acho que o único aliviado deve ser o Odair.

– Odair tem alma boa, filha. Sei que mesmo ele vai se compadecer.

– Tia, aquele é o padre?

– Parece que sim. Jesus-Maria-José, Mariana!

Padre Leudo estava a postos na porta da igreja. Encontrava-se de batina e com um arranjo dourado na cabeça, uma das mais famosas alegorias usada por Zeca em seus espetáculos. Dona Matilde deu risada, mas incentivou o ato. Se tinha uma coisa que essa dona gostava, era ver o circo pegar fogo. Por que não? As beatas estavam tão estarrecidas com o fato de Firmina ter um novo santo que nem se surpreenderam. Nem com a viola, nem com a alegoria na cabeça do padre. Era o frenesi "Sapatilha" que tomava conta da cidadezinha. Quem diria.

– *Mudaste o meu pranto em dança, a minha veste de lamento em veste de alegria, para que o meu coração cante louvores a ti e não se cale. Senhor, meu Deus, eu te darei graças para sempre* (Salmos 30:11-12) – começou o padre Leudo, dando menos estranheza a suas vestes. Dona Matilde entoava acordes solenes no instrumento. E a cidadezinha estava em peso; nem em missa de coronel famoso houve tanta gente na igreja. Uma coisa era verdade: carisma é algo que perdura até depois da morte, e isso Zeca sempre teve.

Juliana chegou atrasada com Diana, mas logo sentou-se ao lado de Odair, que, ansioso por notícias da moça, sentou na última fileira e guardou lugares. Emília olhou tão estranhamente para a repórter que Diana até apertou o braço da mãe. Esta cumprimentou educadamente mãe, sobrinha e filho. Emília sabia que o motivo de Odair sair de casa era culpa da moça com ares de jornalista.

– Onde anda seu Miguel, dona Juliana? – perguntou a menina displicentemente.

O beliscão do primo foi tão grande que na certa um hematoma ia ficar por dias.

Isabel e seu Tenório talvez tenham ido à missa apenas para ver se Miguel e dona Luzia dariam o ar da graça. Esses eram um dos poucos moradores do distrito que não se encontravam por lá.

O padre recitava salmos, palavras bonitas, e o sussurro das beatas afinavam em cima de cada dizer. Uma ventania começou sem avisar e os sinos da igreja tocaram sem cerimônia. Lá fora as folhas dançavam para lá e para cá, coreografadas. As flores da decoração voaram formando um caminho colorido. Todos estavam olhando e em poucos segundos viram o vulto e os gritos de Zeca. O som dos seus apetrechos entrou em acordo com o vento agudo. Zeca gritava seu dialeto de sempre. As beatas choravam, o padre sorria, dona Matilde continuava tocando e os presentes acenavam sem parar.

DESPEDIDAS VÊM JUNTO COM PROJETOS

A morte não extingue, transforma;
não aniquila, renova; não divorcia, aproxima.
Rui Barbosa

Miguel já tinha sumido pra mais de mês. Juliana e Diana viviam o luto. Isabel idem, apesar de ser comedida em relação a demonstrações de tristeza em respeito à esposa. Os amigos sentiam falta do malandro nas noitadas: ele animava, era bom na sinuca e na conversa fiada. Sabiam também que nunca mais teriam conhecimento sobre o santuário de Isabel.

Padre Leudo estava trancado na igreja e na casa paroquial há mais de uma semana. Ele não atendia ninguém. As beatas batiam, gritavam, faziam serão e vigília na igrejinha. Mas nada do padre abrir a porta. Dias sem missa, sem notícias do seu Leudo. Só se ouviam barulhos de martelo e arrastar de móveis. Ninguém podia imaginar o que estava acontecendo, e as especulações até viraram apostas no bar de seu João.

A cidade continuava cheia de novidades, como se no dia da festa da padroeira tudo tivesse entrado num estado de movimento sem controle. Com tantos acontecimentos, as pessoas perderam algumas convicções, mudaram suas crenças e perceberam que nessa vida nada se controla. O único que parecia são, era seu Guinga. Provavelmente porque já tinha passado por muitas turbulências. Ele inclusive andava comentando com Luzia:

– Minha filha, dê esse tempo para você. No fim, tudo se adapta, se ajeita da forma que tem de ser.

Essa ouvia e sentia-se melhor perante as expectativas. Ela gostava demais de estar entre a criançada: era formada no magistério. Seu Tenório dizia que mulher dele não trabalhava fora de casa; por isso não deu continuidade ao ofício. Como agora dar satisfação para coronel era uma coisa que ela podia descartar, junto com seu Guinga, teve a ideia de ensinar as crianças da comunidade. Muitos ali perto não frequentavam a escola. Arrumaram logo um galpão improvisado e foram visitar os pais para pedirem apoio e montarem um mutirão.

– Mas é a prefeitura que está oferecendo? – perguntavam surpresos ao ver a ex-primeira dama.

– Não, é apenas dona Luzia. Mandem a criançada estudar com ela que eu ofereço a merenda – repetia seu Guinga.

Depois de resolvido isso, ele foi atrás do padre Leudo. Afinal, a ideia acertada de levar Luzia para o sítio foi dele. Ninguém melhor para receber tão boas notícias. Também gostaria de averiguar o que sucedia. Não tinha grandes motivos para preocupações; intuição nunca lhe faltou. Mas algo estava acontecendo de fato. Preparou uma cesta de goiabas e goiabadas e se mandou para cidade. Com Luzia no sítio, ele ficava tranquilo com a proteção da meninada.

Seu Guinga deu o seu famoso assobio na porta da igreja e, para sua surpresa, o padre abriu rapidamente. Mandou-o entrar.

– Seu Guinga, somente para o senhor abriria esses portões.

O ancião, sem palavras, observava a igreja assustado. Nem com tantos anos vividos foi capaz de imaginar algo semelhante. Andou por todos os cantos da casa de Deus e não conseguiu decidir se o sentimento maior era de surpresa, de encanto ou de medo pelo que o pobre padre iria passar quando abrisse definitivamente aquelas portas. Era ousadia em demasia até para os mais compreensivos.

CADA UM TEM UMA MÚSICA

A música é a linguagem dos espíritos.
Khalil Gibran

A única pessoa a ver a igreja após seu Guinga foi dona Matilde. A violeira se surpreendeu menos que o ancião, e inclusive disse que nunca tinha visto nada mais lindo e simbólico. Essa, que já andava cansada de ir e vir, prometeu apoio e jurou ficar pelas redondezas. Dizia que a idade já lhe doía as ancas. E isso era um sinal de que necessitava fincar-se em algum canto. Comentou que precisavam dar alegria para o povo antes de revelar o segredo paroquial, se é que ainda podiam chamar aquilo de paróquia. Disse que ia pensar em distrações saudáveis para que assim pudessem manter a calma do povo firminense frente à polêmica.

Foi o suficiente para Matilde andar quieta pelos cantos. Coisa rara, já que era dona das melhores conversas. As meninas da Casa das Cabras apostavam em cansaço da vida, diziam que ela andava filosofando por aí. Por que não? Vai saber. Certa idade isso geralmente acontece. Ainda mais para quem nunca criou raízes – era o que o padre falava, sem crendices, só de observar a vida.

Numa madrugada dessas, antes dos pássaros salientarem-se impacientes pela manhã, a dona apareceu com material de construção, muita madeira e acordou o povo todo. Saiu construindo alambrado na praça do coreto em frente à paróquia. Antes do almoço, já existia um palco montado, só faltava lixar e envernizar. Foi maldita pelo prefeito e pelas beatas. Mesmo assim não houve Cristo com coragem de tirar a placa pintada a mão que dizia: "Cada um tem uma música".

O burburinho foi grande. Ninguém compreendia ao certo qual a façanha da violeira. Mas dona Matilde não tardou em explicar. A história foi a seguinte: pela manhã ela estaria ali para ouvir histórias, qualquer que fosse, e de noite ela voltaria com letra e música do que fora contado, em prosa e melodia. Formou fila mais que depressa; até mesmo o prefeito se rendeu à ousadia. O negócio vingou. Com o tempo teve direito até a comilanças por conta da mulherada; e as noites de viola se tornaram quase diárias, exceto pelos domingos. Pois, todo mundo é filho de Deus, descanso é para todos e o ócio, necessário para a saúde mental de qualquer criatura. Matilde cantava e tocava as histórias mais convincentes de cada um daquela cidadezinha. Nunca mais falou pelos cotovelos. Pela manhã, apenas ouvia.

NÃO EXISTE BLASFÊMIA QUANDO SE TEM BOA INTENÇÃO

As noites de viola não despistaram os moradores da maluquice que o padre fez na igreja. Amenizou, é claro. O que umas boas noites de gaiatices não aliviam? Mas de fato as manhãs se tornaram também mais animadas; menos formais, talvez. Mais livres, por assim dizer. Tinha lugar para os judeus, para os orixás, para Shiva, Buda, Jeová, além de Jesus e sua trupe. Nunca tanta diversidade de pessoas foi vista no mesmo lugar. O mais interessante é que pessoas que flertavam com outras doutrinas também foram descobertas. Coisa que ninguém comentava era suas crenças em outros deuses, seres que não fossem cristãos. Talvez por medo ou mesmo pela comodidade de seguir o rebanho.

Um santuário para cada religião. Um cantinho para cada crença. No templo cristão? Na verdade, na paróquia cidadã. Era assim que o padre agora chamava. As missas continuaram as mesmas, mas com discursos diferentes, mesclando cada cultura. E não eram mais celebradas pelo padre Leudo. Esse se aposentou do ofício, virou organizador geral do templo e passou a se dedicar, juntamente com seu Guinga, a projetos solidários pela redondeza. Virou maluco, ficou lelé, blasfêmio, diziam alguns pequenos tradicionais. Não, apenas filósofo, respondia o ancião da cidade. Seu Leudo nunca mais foi visto de batina. Desfilava com suas camisetas de mandalas coloridas e chegou a ser visto com uma camiseta dos Beatles.

Com o tempo tudo se normaliza. Mesmo atitudes inusitadas. Foi o que aconteceu no quesito fé em Firmina. Houve grandes discussões, preconceitos e confusão. Como não? Mas uma cidade pequena e escondida como aquela não tem espaço para que as coisas tomem proporções exageradas. Foi-se assentando qualquer vestígio dos revolucionários mais audaciosos. As beatas deram mais trabalho. Mas elas, seu Guinga e o padre sabiam levar. Fora que dona Zezé, a mais cristã do local, parece que sonhou com o santo Zeca Sapatilha aprovando a ousadia do seu Leudo. Pronto, foi o suficiente para elas concluirem que talvez fosse o melhor dos mundos.

Discussões entre fiéis mais apaixonados era uma coisa que vez ou outra era impossível evitar; entretanto, era a graça da diversidade podendo se contrapor. Entre certos e errados, eles acabavam chegando à conclusão de que o que buscavam não era muito diferente do outro. Alguns conforto, outros saúde; amor também era muito pedido. Mas era unânime a busca por alento. Um viés divino ou até mesmo sobrenatural.

O movimento na Casa Cidadão ganhou ajuda de todos que a frequentavam. Era normal armarem oficinas, cursos, yoga, meditação, aulas de circo, danças. As crianças já conseguiam escolher que tipo de "religião" gostariam de frequentar e se conectar com um pouco mais de afinidade à fé. Como dizia seu Guinga: "Ah, o tempo tudo transforma!".

Numa tarde dessas, Isabel rezava para Odoiá. Juliana para Jesus Cristo. Ambas pelo mesmo motivo. Ao perceberem isso, para surpresa de todos, se abraçaram longamente sem dizer uma única palavra e juntas rezaram pela alma de Miguel. Cada uma em sua fé, mas com os mesmos propósitos. Padre Leudo se comoveu tanto com a cena que se juntou às viúvas. Uma coisa dessas não acontece todo dia. Momentos tão lúcidos são raros, sempre disse Adelaide. Cada uma seguiu seu caminho, mas estavam em paz. Poderiam recomeçar de onde quer que fosse.

NADA VIRA LENDA POR ACASO

Um ancião é uma grande árvore que,
já não tendo nem frutos nem folhas,
ainda está presa à terra.
Voltaire

Os olhinhos muito atentos impeliram Luzia a transformar em fábula certas passagens da sua vida. As crianças não paravam de fazer perguntas sobre a professora; primeiro dia de aula e muitas nunca tinham frequentado a escola. Elas riam em meio a palavras que não conheciam. Ainda era cedo, mas o sol teimava em se fazer sentir como se fosse o meio do dia. Isso não atrapalhava a aula no jardim, em frente ao Galpão Escola, como assim chamavam: se refrescavam vez ou outra com um bom banho de esguicho.

Seu Guinga, realizado, balançava o cestinho de Darlene. A pequenina ainda nada podia compreender, mas ria a cada fanfarrice da turma.

Juliana acompanhava lá de longe – do galpão de Odair, com vista para a nova escola –, emocionada e lembrando de Diana ainda pequena indo para a creche. Os cabelinhos em caracóis exigiam da mãe as melhores trancinhas. A moça sentia falta daquele cheirinho de pescoço suado de criança que brincou o dia todo, das risadinhas pueris. Parece que, depois do sumiço do pai, a menina virou mais mulher que a própria mãe. Tinha convicções muito diferentes. Arrumava a casa para dividir com Jesus assim que Juliana se mudasse para o galpão com Odair. Sobre casar e ter filhos, dizia que não. Queria correr o mundo todo sem deixar nenhum pedacinho desta terra por conhecer. Jesus ria e dizia que um dia, bem velhinhos, ainda estariam juntos e tratariam de firmar a cerimônia. E que Diana ia ser a noiva mais linda e enrugadinha daquelas redondezas.

O dia não tardou passar, como se o tempo estivesse mais rápido que de costume. A noite estrelada de Firmina não tinha igual. Os habitantes geralmente apagavam todas as luzes e ajeitavam cadeiras de alumínio nas calçadas apenas para verem as estrelas. Eram tantas que nem cabia contar. A madrugada estancou. Foi assim de repente, num piscar. Como eu sei? Foi como se o planeta desse um sutil solavanco e parasse a rotação. Alguns segundos duraram um pouco mais. O ar ficou estacionado. Seu Guinga conseguiu seguir, no vácuo do tempo. Sequer olhou pra trás; estava tudo na mais perfeita ordem, sabia disso. O mundo voltou a trilhar sua rota, a madrugada a sinalizar o dia, o ar a se movimentar. Quanto ao ancião? Virou a maior lenda já contada por aquelas bandas.

© 2019 Renata Py
Todos os direitos desta edição reservados à
Laranja Original Editora e Produtora Ltda.

www. laranjaoriginal.com.br

Editor Filipe Moreau
Projeto gráfico Marcelo Girard
Ilustrações Marcos Garuti
Produção executiva Gabriel Mayor
Revisão Lessandra Carvalho
Diagramação IMG3

Dados Internacionais de Catalogação na Publicação (CIP)
(Câmara Brasileira do Livro, SP, Brasil)

Py, Renata
    Firmina / Renata Py ; ilustrações Marcos Garuti.
-- 1. ed. -- São Paulo : Laranja Original, 2019.

    1. Romance brasileiro I. Garuti, Marcos.
II. Título.

    ISBN 978-85-92875-65-7

19-30454   CDD-B869.3

Índices para catálogo sistemático:

1. Romances : Literatura brasileira B869.3

Maria Paula C. Riyuzo - Bibliotecária - CRB-8/7639

Laranja Original Editora e Produtora Ltda.
Rua Capote Valente, 1.198 - Pinheiros
São Paulo, SP - Brasil
CEP 05409-003
Tel. 11 3062-3040
contato@laranjaoriginal.com.br

Papel Pólen 90 g/m²
Impressão Forma Certa
Tiragem 200 exemplares